AF451530

2 Fevrier 1905

VENTE DU JEUDI 2 FÉVRIER 1905

HOTEL DROUOT, SALLE N° 8

à deux heures

OBJETS D'ART

ET DE

CURIOSITÉ

DE LA CHINE ET DU JAPON

PORCELAINES, JADES, BRONZES

LAQUES

EXPOSITION PUBLIQUE

LE MERCREDI 1er FÉVRIER 1905

DE 1 HEURE 1/2 A 5 HEURES 1/2

COMMISSAIRE-PRISEUR	EXPERTS
Mᵉ PAUL CHEVALLIER	**MM. MANNHEIM**
10, rue Grange-Batelière	7, rue Saint-Georges

CONDITIONS DE LA VENTE

Elle sera faite au comptant.

Les acquéreurs payeront *dix pour cent* en sus des prix d'adjudication.

Paris. — Imp. de l'Art, E. Moreau et Cie, 41, rue de la Victoire.

DÉSIGNATION

PORCELAINES DE CHINE

1 — Plat creux, à décor de branches fleuries, en rouge et or. Chine.

2 — Vase-rouleau, arbustes en grisaille sur fond vert. Chine.

3 — Jardinière en céladon de la Chine, gaufré sous couverte.

4 — Vasque en céladon de la Chine, gaufré sous couverte.

5 — Vasque, à décor de rinceaux, chauves-souris et ustensiles. Chine.

6 — Vase, décoré de dragons en blanc sur fond vert. Chine.

7 — Vase émaillé rouge. Chine.

8 — Plat creux, dragons en vert et gros-bleu sur fond jaune. Chine.

9 — Plat creux, dragons en vert sur fond gros-bleu. Chine.

10 — Bassin, dragons en rouge, marli à ustensiles. Chine.

11 — Bassin, fleurs et papillons en bleu et rouge. Chine.

12 — Vase-balustre, décoré de cours d'eau avec embarcations. Ancienne porcelaine de Chine.

13 — Deux potiches avec couvercles, à décor doré sur fond bleu. Ancienne porcelaine de Chine.

14 — Vase-rouleau, personnages auprès d'une habitation. Ancienne porcelaine de Chine.

15 — Bassin, oiseaux, arbustes et fruits. Ancienne porcelaine de Chine, famille rose.

16 — Bassin, deux oiseaux sur une branche. Chine, famille rose.

17 — Plat, haie fleurie. Ancienne porcelaine de Chine, famille rose.

18 — Plat creux, oiseau sur une branche; chute à fleurs. Ancienne porcelaine de Chine, famille rose.

19 — Bassin, cavalier et personnage au pied d'un mur, marli à réserves. Ancienne porcelaine de Chine, famille rose.

20 — Plat creux, quatre personnages près d'un rocher. Ancienne porcelaine de Chine, famille rose.

21 — Plat creux, personnage et animal chimérique; chute ajourée. Ancienne porcelaine de Chine, famille rose.

22 — Cornet décoré de guerriers. Ancienne porcelaine de Chine, famille rose.

23 — Deux potiches, avec couvercles, décorées de chauves-souris et cachets sur fond jaune-clair. Chine, époque Kien-lung.

24 — Deux cornets analogues aux potiches.

25 — Plat creux, fleurs et fruits, marli à fond bleu. Chine, époque Kien-lung.

26 — Plat creux, fleurs. Chine, famille rose.

27 — Plat creux présentant deux femmes et un cerf. Chine, famille rose.

28 — Plat, branches fleuries ; marli à petites réserves sur fond carrelé. Chine, famille rose.

29 — Plat creux, rinceaux et fleurs ; centre en camaïeu vert. Chine, famille rose.

30 — Bassin, rinceaux et fleurs. Chine, famille rose.

31 — Plat creux, arbustes en fleurs. Chine, famille rose.

32 — Bouteille, dragons dans les flammes. Chine, famille rose.

33 — Deux potiches, avec couvercles, oiseaux et fleurs sur fond vert. Chine, famille rose.

34 — Coupe ronde, avec couvercle, dragons et fleurs sur fond noir. Porcelaine de Chine.

35 — Vase à quatre faces, décoré de dragons : mascarons en relief. Ancienne porcelaine de Chine, famille verte.

36 — Vase-rouleau, décoré de personnages occupés à écrire ; rochers et fleurs au col. Ancienne porcelaine de Chine, famille verte.

37 — Vase-rouleau, décor de réserves contenant des arbustes et des animaux, sur fond vert chargé de fleurs et d'insectes. Col à carrelages et compartiments. Même porcelaine.

38 — Vase-rouleau, décor d'arbres, de rochers et d'oiseaux. Ancienne porcelaine de Chine, famille verte.

39 — Cornet, décoré de scènes familiales. Ancienne porcelaine de Chine, famille verte.

40 — Vase-balustre, décoré de personnages auprès d'une table. Ancienne porcelaine de Chine, famille verte.

41 — Vase-rouleau, à sujet guerrier. Ancienne porcelaine de Chine, famille verte.

42 — Vase quadrilatéral, décoré de personnages et d'habitations. Ancienne porcelaine de Chine, famille verte.

43 — Groupe, personnage et enfant, en ancienne porcelaine de Chine, famille verte.

44 — Autre analogue.

45 — Autre analogue.

46 — Deux statuettes de personnages debout, tenant un vase. Ancienne porcelaine de Chine, famille verte.

47 — Deux statuettes, personnages debout tenant un vase. Ancienne porcelaine de Chine, famille verte.

48 — Plat présentant six personnages ; marli à réserves et carrelages. Ancienne porcelaine de Chine, famille verte.

49 — Petit plat, présentant trois personnages ; marli à réserves. Ancienne porcelaine de Chine, famille verte.

50 — Plat creux, fleurs ; chute à carrelages et feuillages. Ancienne porcelaine de Chine, famille verte.

51 — Plat creux, assemblée de personnages. Ancienne porcelaine de Chine, famille verte.

52 — Plat creux, scène familiale à deux personnages. Ancienne porcelaine de Chine, famille verte.

53 — Plat creux, femme auprès d'une table, bordure à fleurs. Chine, famille verte.

54 — Plat creux, personnages dans une habitation et cavaliers. Chine, famille verte.

55 — Cornet, décoré de scènes familiales. Chine, famille verte.

56 — Vase-rouleau, présentant un cortège. Chine, famille verte.

57 — Vase, décoré de personnages, avec paysage au col. Porcelaine de Chine.

MATIÈRES DURES

58 — Groupe en jade gris, de la Chine : femme et enfant, rochers et arbuste.

59 — Coupe en jade gris de la Chine, gravé ; anses prises dans la masse.

60 — Vase en jade gris de la Chine, à décor de branchages et dragons en ronde-bosse, pris dans la masse.

61 — Cerf couché en jade gris de la Chine.

62 — Porte-fleurs, en forme d'arbuste en jade gris de la Chine.

63 — Autre plus grand en jade gris de la Chine.

64 — Petit vase-balustre en jade gris de la Chine, décor en léger relief.

65 — Autre plus grand en léger relief.

66 — Chimère en jade gris de la Chine.

67 — Cheval en jade gris de la Chine.

68 — Petit vase-balustre, avec couvercle, en jade gris de la Chine.

69 — Brûle-parfums, avec couvercle, en jade gris de la Chine.

70 — Statuette de personnage en jade vert de la Chine.

71 — Gros fruit en jade gris de la Chine.

72 — Coupe en jade gris uni de la Chine.

73 — Boîte en cristal de roche. Chine.

74 — Petite jardinière, à deux compartiments, en cristal de roche. Chine.

75 — Porte-fleurs en cristal de roche, forme bambou. Chine.

76 — Petit vase à eau en cristal de roche. Chine.

77 — Vase à eau, en forme de poisson, en cristal de roche fumé.

OBJETS VARIÉS

78 — Éléphant en bois, avec applications d'écaille et de verroterie. Chine.

79 — Deux cornets, portés par des canards, en ancien bronze de Chine.

80 — Chien de Fô, formant brûle-parfums, en ancien bronze de la Chine.

81 — Brûle-parfums forme chimère, ancien bronze de la Chine, avec traces de dorure.

82 — Vase, décoré de lambrequins, en ancien bronze de la Chine.

83 — Vase-balustre, à motifs irréguliers, en ancien bronze de la Chine.

84 — Jardinière, décorée de caractères arabes. Ancien bronze de la Chine.

85 — Plat, dragons et oiseaux sur fond bleu. Ancien émail cloisonné de la Chine.

86 — Vase-balustre en émail de Chine, rinceaux sur fond bleu.

LAQUES DU JAPON

87 — Écritoire en laque noir et or du Japon : paysage avec cours d'eau.

88 — Écritoire en laque d'or burgautée du Japon, oiseaux et branches fleuries.

89 — Écritoire en laque noir, poudrée d'or, à décor de chrysanthèmes. Japon.

90 — Écritoire en laque noire et or du Japon : arbustes et oiseaux.

91 — Écritoire en laque d'or et aventurine du Japon, décor de chrysanthèmes.

92 — Écritoire en laque du Japon : éventail sur fond or.

93 — Écritoire en laque du Japon, décorée de singes sur fond argenté.

94 — Boîte longue, arbustes sur fond aventuriné. Laque du Japon.

95 — Boîte longue en laque du Japon, arbustes et armoiries sur fond aventuriné.

96 — Boîte en laque du Japon, branches fleuries sur fond noir poudré.

97 — Boîte longue en laque du Japon, feuillages sur fond noir.

98 — Boîte en laque du Japon, oiseaux et arbustes sur fond noir.

99 — Boîte en laque du Japon, branches fleuries et armoiries sur fond noir.

100 — Boîte, décorée de branches fleuries sur fond aventuriné. Laque du Japon.

101 — Boîte ronde, en laque du Japon, branches fleuries sur fond noir.

102 — Boîte longue en laque du Japon, à décor d'armoiries et rinceaux sur fond poudré or.

103 — Plateau creux en laque d'or du Japon, paysages sur fond aventuriné.

104 — Grande boîte en laque du Japon, présentant un tigre sur des rochers.

105 — Boîte en laque : paysages animés sur fond rouge. Japon.

106 — Grande boîte en laque noire et or du Japon, armoiries et imitations de pièces de monnaie.

107 — Cantine en laque or aventurine du Japon, à décor de feuillages.

108 — Plateau creux en laque du Japon, arbustes et oiseaux sur fond aventuriné.

109 — Grande boîte en laque du Japon, arbre sur fond aventuriné.

110 — Cantine en laque du Japon, à décor de personnages sur fond aventuriné.

111 — Malle en laque du Japon, armoiries sur fond carrelé.

112 — Malle en laque du Japon, armoiries et rinceaux sur fond noir.

113 — Étagère en laque du Japon : fleurs sur fond aventuriné.

114 — Boîte octogone en laque du Japon, armoiries et fleurs sur fond noir.

115 — Boîte en laque du Japon, or et noire, fleurs et armoiries.

116 — Malle en laque du Japon, or sur fond aventuriné, armoiries et rinceaux.

117 — Étagère en laque du Japon, or sur fond aventuriné ; branches fleuries.

118 — Etagère en laque du Japon, or et aventurine ; armoiries.

119 — Étagère en laque du Japon, or et aventurine ; armoiries sur fond carrelé.

120 — Boîte plate en laque du Japon, noire et or, avec burgau, présentant un paon.

121 — Sous ce numéro, objets omis au présent catalogue.